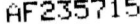

AF235715

New York

Symbol des Tod-Landes

-

Novelle einer sterbenden Welt

M.

Herstellung und Verlag: BoD – Books on Demand, Norderstedt
ISBN: 9783754324387

Inhalt:

Glastürme. Ungleichheit entzweit Menschlichkeit. Alles lebend Grün verbannt. New York ist das Symbol des Tod-Landes. Das schlimmste dran: Schanghai ist schlimmer! Am schlimmsten ist ...

Anonymous

Trigger dich. Pflaster deinen Alltag mit kleinen Gadgets, die dir helfen aus den Bildern auszusteigen, mit denen sie die Wirklichkeit kontrollieren. Bau kleine Gadgets; kleine Trigger überall und zerschmettere damit ihre Bilder-Ketten, ihre Ton-Käfige, ihre Gefühl-Gefängnisse. Bau dir deinen eigenen Ausweg!

Dieser schöne Weg. Strahlend, heißer Sonnenschein. Beide Seiten der Fahrbahn wurden neu gepflastert. Brennend die Sonne. Kleine, feine, strahlend rot-orange Mohnblumen. Kaum einer, der hier geht auf diesen Wegen. Alles ist zubetoniert.

Einst standen hier große, schattige Bäume. Jahrzehnte lang spielte ihr Blätterdach eine Melodie im Wind. Einfach weg. Jetzt brennt es heiß. Die Sonne knallt brutal auf den Asphalt.

Ich komm heim. Es sind 33 Grad. Da liegt es, dieses kleine Küken. Frühchen. Keine Federn. Die Augen noch zu. Ich versuche es zu retten; aufzupäppeln mit Wasser. Seine letzten Schreie sind stumme Todesqualen. Warum hat uns niemand in der Schule beigebracht, wie wir es retten können?

Nun liegt er da der kleine Vogel. Tot. Kaum geboren, schon vergangen. Zart! Sein stummer Schrei wird mir im Gedächtnis bleiben. Ich hab´s gebettet zu Füßen der hölzernen Buddha Statue im Gras bei den bemalten Steinen.

All die Straßen meiner Kindheit. Es waren schöne Sandstraßen mit grünem Rand und Blumen. Essgräser in Herzform. Daran erinnere ich mich. Jetzt geh ich dieselben Straßen. Beton. Der Rand im Sand, Reste halb toten Grüns. Grau dominiert. Der Beton erobert Meter um Meter. Das Tod-Land frisst das lebende Land auf.

All die schönen Bäume meiner Gegend aus meiner Jugend sind heute nicht mehr da. Dennoch müssen wir atmen. Was werden die Kinder von morgen weniger sehen als ich heute? Werden sie atmen?

Nenn mich Hans-Peter oder nenn mich John. Nenn mich Maria oder Amal. Es hat keine Bedeutung. Wir hätten eine Welt schaffen können voll Mitgefühl, in der jeder wirklich zählt. Hier sind wir am Ende nur eine Nummer.

Ich bin ein Träumer. Wer ich bin? Ein Träumer! Neben dir steh ich. Vielleicht bin ich der coole Laute. Vielleicht der Animé Freak, der selbst bei 35 Grad schwarze Kapuze trägt. Vielleicht bin ich auch blond und durchgestylt und du kriegst immer 'ne Latte, wenn du mich siehst. Vielleicht bin ich hinter dir. Vielleicht bin ich sogar du! In dir drin versteck ich mich vor deiner ordinären Normalität.

Aufgewachsen. Träumend. Wandelnd neben Sophie und Anne; Georg E. bewundernd. Steckt dieser Mut in mir?

Vielleicht bin ich eine von denen. Kennst du die? Sitzen auf jedem Schulhof rum. Kapuze auf. Maske vorm Gesicht. Schwarze Klamotten. Hoody. Allein. Ganz allein. Sitzen auf jedem Schulhof überall auf der Welt. Später sieht man sie nicht mehr, denn sie müssen nicht mehr raus. Vielleicht bin ich eine von denen und dies sind nur meine Gedanken.

Der kleine Bär fragt sich …

Bin ich selbst schon ein künstlicher Mensch, der in der Natur nicht überleben kann mit einem Herz aus Staub? Mein Make-Up tropft. Der Kajal verschmiert. Gemalt. Bedeckt ist die Scham meines wahren Selbst.

Ich lauf nur. Eins von vielen Leben. Zwei Augen. Eine Nase. Zwei Ohren. Ok, manchen ist nicht mal das gegeben. Und ein Mund zum Reden. Doch wer hört schon zu. Schon gar, wenn der Satz mehr als fünf Wörter hat. Niemand mehr. Schnell. Einfach. Ohne Tiefe. Wir sind unverbunden in einer Welt der Verbundenheit. Getrennt in einer Welt, in der wir einander brauchen.

Ich will keine Anti-Kultur sein, höchstens eine Anti-Kultur gegen die Anti-Kultur. Nicht das ich für die sein will, gegen die sie anti sind. Aber die Anti-Kultur hat es nicht besser gemacht. Deshalb lohnt es sich anti gegen die Antis zu sein, ohne dabei für gegen ihr anti zu sein.

Ich meine, alle Antworten liegen im Herzen. Denken ist toll, wichtig. Aber guck in dein Herz und alles würde wundervoll. Ich könnte sagen, wir Menschen hätten damit aufgehört. Nur ein Blick in die Geschichte sagt, wir haben damit noch nie angefangen.

Thoreau wanderte und dachte, fantasierte und malte sich eine Welt. Und dann bekämpfte er die Welt, die anders ist, weil sie diskriminiert, versklavt, unterdrückt. Und er rief. Rief. Rief uns alle. Rief auf zum

Ungehorsam gegen ein System, dass herzlos und kalt ist. Oh, wie ich ihn bewundere.

Schön ist meine große, alte Heimatstadt geworden. Ich erinner mich an meine Jugend: alt, grau, herunter gekommen. Heute glänzt es. Die Menschen sind so schön. Damals hatte sie Herz. Ja, sie war rau; wirklich rau. Aber sie hatte Herz und Seele. Heute ist sie zart und sanft, hat ihre Seele verkauft. Ihr Herz ist ausgeblutet.

Vielleicht hat dieses kleine, schwedische Mädchen deshalb mehr verstanden, weil sie ihr Herz noch nicht verkauft hat in langen Jahren des Politikbusiness. Vielleicht auch, weil sie noch die Zukunft vor sich hat und nicht sterben möchte wie alte Politiker, denen es egal ist. Vielleicht ist sie einfach klug und vielleicht kommt man nur nach oben, wenn man ein Herz aus Stahl hat.

Wir alle wollen Helden sein. Lüg nicht: auch du! Wir sehen diese Filme mit all diesen Helden und wir möchten genau wie sie sein. Träumen, wie sie zu sein. Kaufen uns Merch, Merch, Merch von ihnen. Doch wir vergessen, wir alle fangen als Vollidioten an, als kleine unbedeutende Lichter, die in den Ecken stehen. Und dann sind sie die, die den Weg wählen, der hart ist, voll von Prüfungen, Entbehrungen. Am Ende sind sie die, die man Helden nennt. Diesen Weg will dann keiner gehen.

Stell dir vor, du wirst terrorisiert von Bildern und Wörtern, die Werte vermitteln, dass du einen Menschen, den du liebst aufgrund seiner Hautfarbe, seines Gewichtes, seines Alters oder seiner sexuellen Ausrichtung nicht lieben darfst. Nicht mehr lieben können kannst. Stell dir vor, solche Wörter und Bilder aus Maschinen strahlen jeden Tag auf uns ein. Sie vermitteln Werte, die dazu führen, dass wir auf die, die uns nah sind, die wir lieben, herabblicken.

Eine Zeit hab ich es auch mitgemacht, die Fitnesswelle. Jeden Tag Proteinpulver, trainieren, wiegen, spiegeln. Das war nicht genug. Jetzt gibt es dazu noch Kampfsport und Tanz. Das ist viel mehr. Ich mein nur Muskeln? Wie platt kann ein Mensch sein? Auch bei Frauen, die sich nur auf ihr Selbst, ihre Schönheit konzentrieren, ist davon auszugehen, dass da nicht viel Inneres bleibt. Damit mein ich nicht nur Intelligenz, sondern auch Charakter. Wenn du sie dann kennst. Da gibt es immer diese Ich Fixierung. Diese Arroganz. Narzissmus. Immer nur ich, ich, ich.

Es ist derselbe geistige Filter, der euch diese schönen Muskeln bewundern lässt, dieses schöne Make-Up im Fernsehen. Derselbe geistige Filter, der euch Produkte konsumieren lässt, wird den ganzen Planeten verzehren.

Ja, wir müssen uns anpassen, um zu überleben. Ich hatte keine Wahl. Aber kleine Gadgets, kleine Triggerpunkte überall in meinem Alltag eingebaut, sollten mich davor bewahren, wie sie zu werden. Sie sind nur eine Oberfläche, die angepasst ist. Eine Oberfläche, mit der jene, die genug Ressourcen besitzen, spielen können wie mit einer Marionette. Auf meiner Arbeit lag immer eine Maske von Anonymous. Golden. Schweigend.

Im Angesicht der wahren Probleme, all der Abgründe dieser Welt verblassen all die Tode der Stars und Sternchen. Nach einem Leben von Wohlstand und Privilegien finden sie wie jedes Lebewesen ihren Tod. Ja, deren Tode verblassen angesichts all der Katastrophen weltweit. Und doch sind sie so viel präsenter, in allem was uns beschallt. Was uns bescheint. Das lenkt ab von den Problemen dieser Erde. Lenkt damit auch ab von den Lösungen dieser Probleme.

Unübersehbar sind wir die klügste Spezies des Planeten. Aber kommt schon; wir sind doch keine kluge Spezies. Den Müll, den wir verzapfen, kann doch niemand verzapfen, der wirklich klug ist.

Ich geh mit dieser Horde von Kindern die Straße lang. Da fährt dieser Viehtransporter vorbei und alle so „ihh, ähh, das stinkt, ihh da sind Schweine drin". Ich denk mir, wie kann man denn Tiere in ihrer eigenen Scheiße leben lassen, ohne sich selbst schlecht zu fühlen?

35 Grad. Auf Arbeit die Kinder spritzen mit ihren Wasserpistolen die Ameisen tot, begreifen nicht das

Leben lebendig ist. Ihre Art zu leben ist das, was diese Erde zu Grunde richtet.

Bist du je durch diese Hochhausschluchten gegangen – nachts? Diese Ruhe, diese gespenstische Ruhe! Da sind hunderte, tausende Menschen. Niemand ist draußen. Einsames schweigen. Wie Angst, die sich nicht raustraut. Wenn du träumst, dass du lebst. Wenn du lebst, als wärst du im Traum. Wohin gehst du dann in dieser Welt?

Viele von euch glauben, es ist eine bessere Zeit. Aber das stimmt nicht! Die Mächtigen haben nur bessere Mittel gefunden, um ihre Verbrechen zu verschleiern. Die Erde stirbt! Falls du es noch nicht mitgekriegt hast. Die Erde, der Planet auf dem wir leben, stirbt!

#New York

-

Symbol des Tod-Landes

Graue Herren. Graue Heere. Grauer Pflasterstein.
Graue Mauern. Graue Gedanken. Es ist deine Zeit.
Wenn es für dich okay ist, schenk den
grauen Herren
deine ganze Lebenszeit!

New York: Symbol des Tod-Landes. Brennende Wolkenkratzer. Menschen in Ungleichheit getrimmt. Bettelnder Abschaum, der Müll frisst. Die Reichsten über den Dächern der Stadt; fern des grünen Landes. Schlimm ist nur, dass Shanghai schlimmer ist.

Sunrise Avenue. Sonnenschein. HD. Die USA produzieren Bilder von perfekten Welten. Perfekten Menschen. Traummännern. Topmodels. Ein Leben ohne Sorgen auf Hochglanz. Die Welt glaubt und verstaubt in ihrem Wahn, es ihnen nachzumachen. Ein Traum sollte glücklich machen und nicht alle samt narzisstisch verloren zurücklassen.

Sind Wolkenkratzer die Grabsteine des Planeten oder sind sie die Schornsteine von Konzentrationslagern, in denen die Welt ausgerottet wird? Sie stirbt, du mit ihr. Erkenne oder verende.

Armut. Vergewaltigungen. Gang-Kriminalität. Die USA sind voll davon. Schusswaffentote täglich. Statt sich darum zu kümmern, gafft die Presse nur auf einen toten Basketballer Kobe Bryant oder einen toten Schauspieler Paul Walker. Das ist dort wichtiger als das Lösen echter Probleme. Wie dumm, kann ein Volk sein?

America, die USA, vergiften die Welt. Ziehen von Krieg zu Krieg. Dann China! Stumm und stumm erobern sie sich ein Weltreich. Wer es noch nicht verstanden hat nach den Zeiten von Russland, Kuba und der DDR; hat es doch jetzt bitte zu kapieren. Die

Kommunisten machen dasselbe wie die Nazis. Lager um Lager reiht sich. Laogai. KZs. Gulags. Wie du es auch nennst, es ist derselbe Dreck.

Australien brennt. Corona kommt. Mutiert. Das wovor Veganer warnten 10 Jahre und mehr. Ich schau mich um. Sie verändern sich nicht, obwohl sie wissen – man hat es ihnen gesagt! - ihr Lebensstil tötet die Erde. Sie sind Tod-Ländler.

Im Winnetou singen sie das Lied vom Tod. In einer Wüste. Ein Land, das alles Leben auffrisst. Das wahre Lied des Todes. Das wahre Land, dass alles auffrisst, sind Städte wie New York. Seelenlos. Atmend den Staub; den Rest, den die sterbende Welt aushaucht.

Wall Street. Broadway. Symbole, die jeder kennt. Bilder gebrannt in jedes Westler Gehirn. Nicht die Bienen, die Blüten bestäuben. Alte Paare, die sich um Enkel kümmern. Oder Bäume. Zahlen, die Leben zermahlen. Kurse, die rauf und runter gehen, während die Natur im Sturzflug ist.

Viele Stars aus den USA sehen nett aus, keine Frage. Schlank, hübsch, keine Makel, keine Auffälligkeiten, keine Extreme. Doch promoten sie ein System und halten es dadurch am Leben. Ein System, dass die ganze Welt auffressen könnte. Überall singen sie von wahrer Liebe. Tausend Lovesongs laufen rauf und runter. Bei der Partnerwahl geht es um Status. Er muss reich sein, groß. Sie schlank, heiß und jung. Status ist ihre Liebe.

So viele Superreiche in Amerika, den USA. Es ist schön reich zu sein. Aber wenn man nur reich werden kann, wenn dadurch Dutzende, Hunderte in die Armut gestürzt werden und zwar dadurch, dass man reich wird. Dann ist der Reichtum kein Reichtum, kein Glück. Sondern er ist das Elend von Dutzenden, Hunderten, die elend zugrunde gehen.

Plastikspielzeug. Plastikgabeln. Handys aus Plastik. Diese verrückten Umweltschützer sagen, dass diese Mikroplastik überall in unserm Essen steckt. Und die Ärzte prophezeien: es löst Krebs aus. Ich mein, hast du keine Angst vor Krebs?

Ja, wir fühlen uns ein in die Leben der Stars und Sternchen. Ed Sheeran. The Rock. Ariana Grande. Wir fühlen, wie sie fühlen. Wir fühlen nicht mehr, wie unsere Ahnen gelebt haben, unsere Mütter und Väter. Selbst unsere Kinder sind uns heute ferner als das Gefühl, das in uns herrscht, wo wir empfinden wie die Stars und Sternchen im Film. Schwarzenegger ging nach Californien. Zu jener Kultur, die der Turbo des Klimawandels ist. Mach dir das mal klar!

Ja, ich glaube, alles was wir über diese Menschen wissen – The Rock, Christiano Ronaldo, Ariana Grande, Lady Di – ist eine erfundene Werbestrategie. Nichts davon ist wahr. Milliarden schwere Konzerne haben das erschaffen, damit es perfekt in unsere Köpfe, in unsere Fantasie passt. Damit es uns niemals innerlich loslässt und wir es voll fühlen, weil es genau unseren Sehnsüchten entspricht. Indem wir darin voll aufgehen können. Gemacht an Reißbrettern irgendwelcher Schreibtische schwerreicher Manager. Das ist deine Fantasie. Du hast sie von ihnen gekauft. Deine Gefühle sind nur ihr Produkt.

Und ja, ja, ja! Da draußen gibt es Kinder, die kurz davor sind zu verhungern. Dann gibt es diese Krassen, die alles aufgeben, alles riskieren, alles geben, um zu versuchen diese Kinder zu retten. Das sind Helden! Denen solltest du folgen. Von denen solltest du lesen. Aber ihr? Ihr starrt auf ´nen Typen, der ´nen Ball durch die Gegend tritt. Die Welt ist gefickt – deswegen! Die Welt ist genau deshalb so am Arsch!

Und übrigens Lady Diana; wir sind angeblich ein aufgeklärtes Zeitalter der Demokratie. Aber überall herrschen Könige und Queens hier in Europa. Jedes zweite Land wird von Königen regiert.

Meine Stadt ist groß, die Größte des Landes, eine der Bedeutendsten des Kontinents, vielleicht sogar des Planeten. Gestern ging ich durch den Hipster Bezirk. Voll von Ökos, Rebellen, Wilden. Ich ging durch den größten, kleinen Park der Stadt. Süßes Eis in meiner Hand. Dort stand früher riesig, groß, fett, knorrig ein Baum, so alt. Er war weg. Abgeschlagen. Nur der Stumpf. Keine Menschen, die rebellierten. Keine Ökos, die demonstrierten. Ein alter, ein uralter Baum einfach weg. Ein Jahrhundert konnte sein

Leben überschauen. Aber keine Stadt, die sich erhebt. Keine Stadt, die an seinem Grab trauert.

Als die Mauer fiel, dachten wir, wir hätten´s geschafft. Endlich ein Lichtblick auf Frieden weltweit. 30 Jahre später: die Blöcke sind zurück. China, der Herr der zweiten Welt; Russland eine dystopisch, monotheistische Diktatur geführt von Oligarchen. Parlamentarismus ist wichtig und kann uns retten. Echter Parlamentarismus. Keiner, der von Narzissten und Lobbyisten verführt wird. Klingt das demokratisch?

Opa hat mir gesagt, Rasen latschen geht nicht. Ich glaub, bei ihm war das so ein traditionelles Ding. Heute sind Atemwegserkrankungen die häufigste Todesursache. Das Grün hat die Macht Stickstoff, Methan und CO2 zu reinigen. Da ist über den Rasen laufen schon echt unreflektiert. Schon mal überlegt, dein Gehirn zum Nachdenken zu nutzen?

Wow! Die Maschinen werden immer besser. Wir Menschen werden immer schlechter. Tja! Vielleicht übernehmen sie bald unsere Leben. Wir haben eh nichts mehr zu geben. Nur sinnlos in der Ecke stehend immer bessere Maschinen bauen.

Das Tod-Land frisst sich immer weiter. Ort um Ort. Stadt um Stadt. Land um Land. Kontinent um Kontinent. Zugepflastert. Betoniert. Die Luft wird rar. Menschen husten, keuchen, sterben, verrecken.

Das Tod-Land frisst sich. Graue Herren. Unendliche Geschichte. Ein Nichts. Hier wahr. Das Tod-Land kommt.

Fake Wokes

Redet euch weiter ein, ihr wäret die Guten hier:
Bürgerliche!

Ich will nicht lügen. Dieses Kapitel sollte erst Lobotomierte heißen …

Euer Lebensstil ist das tote Land. Euer Kleidungsstil ist das tote Land. Eure Ernährung ist das tote Land. Euer Leben tötet das Land.

Toxische Männer- und Frauenbilder. Toxische Beziehungen. Aber was sollte sonst eine Welt hervor bringen, die sich selbst vergiftet? Selbstdenken ist unsere neue Devise. In den Schulen wird uns exakt beigebracht, was wir selbst denken dürfen. Individualismus ist nicht; steht drauf; drin ist: Hedonismus, Narzissmus, Einsamkeit, Verwirrtheit, Trieb und Wahn.

Schöne, glatte Haut. Faltenfrei. Schlank. Wunderschöne Haarfarbe. Der ganze Körper makellos und haarfrei gezupft. Auf jeder Werbetafel. In jedem Werbespot. Am Ende ekeln wir uns. Ekeln uns vor uns selbst. Ekeln uns vor den Alten. Ihre runzelige, alte Haut. Wir sehen unsere Eltern und empfinden Ekel bei ihrem Aussehen. Propagiert. Manipuliert von künstlichen Bildern, fangen wir an unsere eigenen Erzeuger zu hassen, für das was sie sind: alt.

Kunstrasen. Kunsthasen. Künstliche Nasen. Kunsttitten. Kunstarsch. Kunstbiografien. Alles Fake. Ein Kunstmensch, der nichts mehr ist außer Schein und einem depressiven, selbst zerfleschenden Sein.

Dein arroganter Blick gen Himmel gestreckt, watschelnder Stelzgang im Catwalk-Modus,

31

zerquetschend kleine Marienkäfer, die du nicht siehst, erstickend das Foie Gras der Gänse. Für dich! Du bist die Königin. Unter dir stirbt die Welt.

Wie fühlt es sich für dich an, Teil einer Spezies zu sein, die einen ganzen Planeten versucht zu ermorden? Wahrscheinlich nicht gut. Wer will das auch schon? Selbst die blödesten Aliens gehen dazu auf andere Planeten. Unsere Spezies ist so doof, die bringt ihren eigenen Planeten um.

Und dann sind sie alle eingeknickt. Wirklich! Hast du es nicht gehört? Die Beat Generation, die Hippies, die Punker. Sie alle wollten eine bessere Welt. Kaum da die ersten Zeichen des Alters sich breit machten, die innere Angst davor nicht mehr Sicherheit haben zu können in einer komfortablen Welt. Sind sie dieser Welt der Spießigkeit in den Arsch gekrochen wie die Maden im Speck, wie Fliegen auf dem schönen Dung aus Kuh-Scheiße.

In meinem Land wählt man links oder rechts. Doch setzt du dich zu einem von denen, reden sie genauso, hassen sie genauso, vorverurteilen sie genauso. Ich weiß nicht, was ich wählen soll, denn die sind alle gleich. Ich würd gern Frieden, Liebe, Mitgefühl, Altruismus wählen. Aber nicht bei denen, die im Parlament sitzen seit Jahrzehnten. Nicht bei denen, die das sagen haben. Ihnen fehlt das Herz. Was sie haben ist Lobby und Macht. Aber Liebe; Liebe hat´s noch nie an die Spitze der Welt gebracht.

Linkes Bürgertum? Alles wofür die Linken waren, ist gegen das Bürgertum zu sein. Jede Form von ernsthaftem Bürgertum kann nicht links sein, ohne aufzuhören, Bürgertum zu sein. Das ist keine positive Vereinigung sondern am Ende Selbstlüge von Menschen, die meinen die Guten zu sein. Am Ende immer nur reden, ohne Gutes zu tun. Ihr seid genauso kacke wie die Rechten!

Nach dem Fall der Sowjetunion hat die Forschung uns allen bewiesen, dass jedes Verbrechen, dass die Linken den Rechten vorwerfen, von den Linken auch begangen wurde. Nur gegen Rechts zu sein, weil es der Gruppenzwang befiehlt, ist Zombie. Gegen Rechts zu sein, wegen all derer Verbrechen bedeutet, dass man aus dem gleichen Grund gegen Links sein muss! Schämt euch also links zu sein und ihr Rechten schämt euch auch!

Fake Wokes. Sie haben diese genialen Argumente. Schlüsse für alles. Doch eigentlich plappern sie irgendjemand nur alles nach, den sie mal gehört, ohne es selbst durchdacht zu haben. Sie kopieren. Sie übernehmen von irgendwem Fremden. Fake woke. Wenn du nur tust als ob, bist du nicht echt. Sie haben geklaut und übernommen von irgendwelchen, die das sagen haben, ohne es durchdacht zu haben. Genau wie bei den Nazis und all den anderen Diktatoren, die sagen was ist und ihre Anhänger plappern nach, ohne nachzudenken. Und am Ende finden sie sich in einem

Krieg wieder oder verhungern in der Ecke. Diesmal ist es dann eben der Klimakollaps. Eure ganzen Gespräche sind America-like auf Small Talk reduziert, während die Welt im Klimawandel zugrunde geht …

Wie dumm kann man sein? Okay, wenn du nicht studiert hast, kein Abitur hast, nimmt es dir niemand übel. Du bist einfach dumm. Aber du warst an der Uni. Hast einen Bachelor, Master oder mehr. Du siehst das jeden Tag. Hörst all die Argumente. Hast sogar Kinder. Eltern. Du bist Eltern. Dein Kind wird ein scheiß, verficktes Leben haben. Und wenn es Glück hat, löst der Klimawandel nur die größte Inflation seit Jahrzehnten aus. Ansonsten Krieg, Terror, Gewalt, Vernichtung allen Lebensraums. Aber du lebst so. Fliegst in den Urlaub. Isst Fleisch. Plastik überall. Yo fast food jeden Tag, Bars, Parties und der neueste Scheiß. Du frisst die Zukunft deines eigenen Kindes. Du bist der Grund, wenn es weint und schreit in 50 Jahren vor Schmerz und Entbehrung. Du!

Was sind wir für gesellige Menschen. Treffen uns. Saufen zusammen. Rauchen. Das ist für uns normal. Sich einfach nur zu treffen zum Musizieren. Das macht heut keiner mehr. Irgendjemand hat gesagt, die Menschen, die noch Lieder kennen, haben ein gutes Herz. Aber die meisten heute können kein einziges ganzes Lied mehr am Stück singen. Wir treffen uns. Setzen uns vor die Glotze und starren drauf und denken, das ist gemeinsame Zeit. Es ist aneinander vorbeileben.

Die meisten Beziehungen scheitern heute. Männer sind pornosüchtig und Frauen narzisstisch. Klar, es gibt andere Gründe, aber die beiden sind wohl die häufigsten. Männer reduzieren Frauen nur noch auf ihr Fleisch, ihr Aussehen, ihre Titten, ihre Möse, wie schlank sie sind, wie gut sie blasen können. Und Frauen: wie gewaltig können Egos sein? Wie riesig groß kann man nur sich selbst sehen. Narzisstinnen!

Wenn Dating Apps funktionieren würden, würden Dating Apps Pleite gehen. Sieht tatsächlich so aus: desto mehr Dating Apps es gibt, desto größer wird die Zahl der Singles. Wahnsinn! Scheint als ob irgendwo in der Tiefenstruktur dieser Dating Apps die Fähigkeit von Menschen eine echte Beziehung, eine zwischenmenschliche Liebesbeziehung eingehen zu können, vernichtet wird.

Frauen stehen auf große Männer. Männer stehen auf schlanke Frauen. Auf Liebe stehen sie gar nicht mehr. Wahre Verbundenheit: Liebe ist keine Form. Liebe ist kein Körper. Liebe ist ein Gefühl der Verbundenheit. Machst du es außen fest, war es nie Liebe gewesen. Besitzgier. Status.

Viele Frauen schminken sich. Guckt euch diese Schönheiten an! Wirklich! Sie machen sich Masken. Haare. Make-Up. Heiße Kleider. Eine Verkleidung. Sie werden immer mehr beziehungsunfähig, weil sie

Angst haben, was der Mann oder die Frau oder wer auch immer denkt, wenn er sie morgens sieht und weiß, wie sie wirklich aussieht. Schockstarre! Ja, ist mir schon passiert. Zwei verschiedene Frauen waren es, aber nur eine Person.

Ehrlich Männer, ihr weint wie Kleinkinder bei einer einfachen Grippe. Aber ihr rennt rum, als ob ihr Tarzan wärt. Ihr denkt wirklich, ihr seid wilde Neandertaler-Krieger mit eurem Lifestyle, mit eurer Ernährung. Die hatten keine Hanteln. Die waren tough. Ihr seid zart und dann euer toxischer Lifestyle erst. Eure verletzten Egos, die schreien und sich auf die Brust schlagen – wörtlich. Ihr macht auf dicken Mann, aber seid im Herzen ein kleines Kind, das weint und kreischt, weil sein Ego verletzt wurde.

Wir alle wissen, große Autos sind ein Ausgleich für einen kleinen, impotenten Schwanz. Wir alle wissen jemand besorgt sich große Muskeln und geht täglich ins Gym, weil er innerlich ein schwaches Selbstbewusstsein hat. Wir alle wissen das und dennoch bewundern wir es.

Unsere Bilder von Beziehungen stammen aus Filmen, nicht von Erfahrungen unserer Vorfahren. Sicher da war nicht alles perfekt und vieles war Schrott. Aber immerhin hatten sie Beziehungen und nicht wie heute, wo 66% Single sind. Bilder aus Filmen von Menschen, die beziehungsunfähig sind, sollten keine Idole sein für uns, Beziehungen zu führen.

Schon richtig, wir sollten Frauen nicht lüstern hinterher pfeifen, anstarren und angaffen. Aber es ist mir so, so oft passiert. Ich sehe keine von denen an. Ignoriere sie. Doch dann tut sie alles, um irgendwie in meinem Sichtfeld zu erscheinen. Mit ihrem kleinen Höschen zu wackeln, mit ihrem Röckchen, mit ihrem Popo, dir unbemerkt Augen zu schmeißen. Dann fällt sie mir auf, denk mir, ist ganz ok und guck sie an. Und dann guckt sie weg mit diesem – ey was guckst du mich an Junge - Blick – ich bin was besseres als du. Mädchen, was stimmt bei euch nicht?

Heutzutage fangen die Menschen bei völlig Fremden an, über ihre Eltern abzulästern, wie traurig, wie jämmerlich ihr Leben ist. Neuer Zeitgeist! Meist sind sie selbst Single, schaffen es keine Beziehung länger als ein Jahr zu haben. Aber bei jeder Kleinigkeit: treffen Leute im Club und keine fünf Minuten später ziehen sie über ihre Eltern her. Dieselben Eltern, die sie anderthalb, zwei, zweieinhalb Jahrzehnte umsorgt, gewickelt, gefüttert, ihre Wäsche gewaschen, ihr Leben organisiert, sie vorbereitet haben, damit sie heute ihr gut bürgerliches Hipster Leben führen können. Genau über die ziehen sie her. Kein Funken an Dankbarkeit ist da; nur eine Arroganz von oben herab. Nur weil ihre Eltern ihre Beziehung nicht verstanden haben, weil ihre Ehe nicht perfekt ist, sich mal streiten. Weil sie sich in ihrer eigenen Ahnungslosigkeit hilflos fühlen und nicht mehr wissen, wie sie sich in ihren Rollen verhalten sollen. Ja, Beziehungen sind schwer. Aber als Single und als jemand der erfolgreich ist, weil er eine gute Kindheit hatte, über die Erzeuger herziehen. Und dann bei Menschen, die man kaum kennt. Billig im Charakter! Undankbar.

Wer von euch wird da sein, wenn sie fällt? Wenn der Krebs sie auffrisst. Ein Schlaganfall sie zu Boden reißt. Alternde Gelenke brechen. Wer von euch wird da sein, wenn die fällt, die euch auf die Welt gebracht hat? Und wer von euch wird sitzen weit weg in seinem Reihenhaus oder am Strand im Urlaubsparadies? Wer von euch?

Wollen wir nicht eine demokratisch, tolerante Gesellschaft sein. Aber Ageismus ist auf dem Höhepunkt – keine Ahnung – seit tausend Jahren. Es gibt die Blöcke zwischen den Altern. Man ist dann ein anderer Mensch, je nachdem wie alt man gerade ist. Sie gucken einen ganz anders an. Eine riesige Intoleranz herrscht zwischen den Altersgruppen. Ich glaub, es war noch nie schlimmer. Machen wir jetzt auch das Ableismus-Fass auf in einer Welt, die mehr und mehr den perfekten Visionen der Werbeindustrie entsprechen muss?

Was für eine Welt von Heuchlern. Ich werde immer gegen Rassismus sein. Aber die, die dann rausgehen für Black Live Matters demonstrieren, gegen Sklaverei, gegen Gewalt und Unterdrückung und dann nach ihren Demos Chicken essen, Hühnchen, Chicken Nuggets; die sind Heuchler! Diese kleinen versklavten, unterdrückten, ermordeten, gefolterten Wesen. Kämpf nicht für Gerechtigkeit, wenn du nur für die Gerechtigkeit weniger kämpfst. Dann bist du nicht gerecht.

Die da draußen, die zuhause keine Tür haben, immer offen lassen für arme, obdachlose Penner, die Hunger haben, denen es schlecht geht. Denen stimme ich zu, die werd ich unterstützen, wenn sie für offene Grenzen in Europa sind, für alle Flüchtlinge. Die das tun, aber zuhause ihre Tür abschließen. Die erzählen es könnten Verbrecher kommen, Kriminelle, die sie ausrauben. Die sie nicht immer offen halten für Obdachlose, die arm sind. Ihr seid Heuchler, wenn ihr ein Land verpflichten wollt, seine Grenzen zu öffnen, wenn ihr nicht mal eure eigene Tür öffnet.

Rassismus ist scheiße und zwar immer. Ich hau dich du Drecksrassist! Nur ehrlich, wenn es rassistisch ist einen weißen Präsidenten zu wählen, weil er weiß ist. Dann ist es genauso rassistisch einen schwarzen Präsidenten zu wählen, weil er schwarz ist. Dann ist Milchbrot genauso rassistisch wie Negerkuss.

Ich mag neue, ich mag moderne, ich mag abstrakte - wie du sie auch immer nennen willst – Kunst, Malerei, Musik. Aber wenn sie nur noch da ist, um deinem Ego Ausdruck zu geben oder deine Psychosen irgendwie zu bewältigen? Es ist okay, wenn ein wahrer Künstler es nutzt, um sein Ego mal ein bisschen zu streicheln, um seine psychischen Anspannungen abzuarbeiten. Sein Ausdruck, seine Mission, seine Vision; die beim wahren Künstler immer noch da sind. Hier in dieser Stadt sieht man die nirgends. Psychotischer Egowahn in der Malerei, Musik. Die meisten sind arbeitslos, aber denken sie wären es. Eure Kunst ist keine Kunst sondern nur Erzeugnisse eurer Therapien.

Blasierte Menschen. Aufgeblähte Egos. In ihren Stahlpferden. In ihren Schminke-Gesichtern. Ihre Geldbeutel gefüllt mit Plastik, bei dem sie denken, es macht sie zu mehr. Mehr als alle, die das nicht haben.

Doppelstandard nannte es jemand, den ich nicht kannte. Eine faszinierende Sicht, die mir auch schon oft aufging. Frau sagt, wie sie sich einen Mann vorstellt: Aussehen, Muskeln, Vermögen, Größe. Mann sagt, wie er sich eine Frau vorstellt: Aussehen, BMI, Größe. Dieselbe Frau wirft ihm Bodyshaming vor. Merkst du auch was?

Große Muskeln sind groß. Starke, ausdauernde Muskeln sind straff, überstehen Tage, Wochen und Monate der Anstrengung. Große Muskeln sind groß und nach fünf Minuten platt. Make-Up, schönheitsoperierte Frauen, deren Kinder werden genauso hässlich sein. Wenn du glaubst Schönheit;

ich meine wahre Schönheit, die überdauert, die in die Tiefe geht, die dein Leben verzaubert und schöner macht; wäre äußerlich am Strahlen von Make-Up geschminkter Haut oder riesigen Muskelbergen zu finden. Dann wirst du nie die tiefe Wahrheit wahren Glücks erleben.

Yeah. Tiktok. Insta. Snap. YT. FB. Stunden verbringen die Leute davor. Sammeln sich voll. Natürlich ist es wahr, wer Dwayne the Rock beim Training zuguckt, hat keine Zeit etwas gutes zu tun. Langeweile ist kein natürliches Gefühl. Langeweile wird anerzogen durch Werbung. Freie Menschen nennt ihr euch, die sich gegen alles auflehnen, wozu ihre Mitmenschen sie auffordern, aber alles tun, was die Werbung anpreist.

Ab-zieh-bilder. Eure Individualität ist ein Abziehbild. Von irgendwo habt ihr euch abgezogen. Habt euren Charakter in die Form des Abziehbildchens gepresst. Was soll daran individuell sein. Abziehbildchen. Wenn dein Leben ein Abziehbildchen aus Werbung, Plakaten und Podcasts ist, bist du dann eigenständig?

Just one more step. We change. You can do it! Die Werbung erzählt uns das. Jeden Tag. Freedom. Selbstbestimmung. Das schreien alle Werbespots. Das sind ihre Botschaften. Oberflächlich! Aber das ganze System, in das sie eingebunden sind, will Abhängigkeit, Kontrolle, Konsum, Unterordnung, Anpassung und Vorhersehbarkeit.

Ihr lebt in den Fantasiewelten eurer Serien und Filme, so wie früher die Menschen in der Antike. Die Edda. Die Illias. Die damals mussten davon ausgehen, dass es wahr ist. Ihr wisst, dass es nicht wahr ist. Doch verhaltet euch, als ob es wahr wäre. Früher hatten die Menschen viele Freunde. Heute schauen wir Serien namens Friends. Früher redeten wir darüber, wie die Eltern sich kennengelernt haben. Heute schauen wir Serien, wo ein Typ erzählt, wie er seine Frau traf.

Pipipi. Da saß dieser kleine Igel wie ein Überlebender aus einer vergessen Welt. So süß und stachelig. Mähroboter, die kleinen Igelkindern ihre Beine abraspeln sind die neueste Revolution, der neueste Schrei bei euch nachhaltig, orientierten Fake Woke Bürger:innen. Guck dir diese süßen Igelkinder an! Schreit dein Herz nicht auf???

Wie viel Memes gibt es heute mit besten Freunden, die sich übereinander lustig machen. Running Gag. Und wie oft hören wir von Freundschaften die zerbrechen. Von Einsamen. Von vergessenen Singles. In alter Zeit stand man zu einem. Heute macht man Witze auf Kosten derer, die man liebt und am Ende zerreißt es!

Ich weiß tatsächlich nicht, ob Tourismus stumpf ist. Aber ich weiß, dass er stumpf macht. All die

Dauertouristen sind definitiv nicht weltoffener geworden. Ihre Sichtblase – die Art, wie sie die Welt sehen - ist eher kleiner geworden; eingeschränkter, begrenzter. Reisen ist toll. Tourismus ist nur ein kleiner Ausschnitt vom Reisen. Ihr trampelt doch nur die Pfade platt, die die Tourismusbranche angelegt hat.

Ist es nicht so, dass der Lifestyle von denen, die den schönen Strandurlaub wollen, heiß am Strand, irgendwo in der Ferne, genau mit dem Lifestyle korreliert, der den Klimawandel verursacht und die Welt zum Brennen bringt? Ist es nicht auch so, dass diese Leute oft ein riesiges Problem mit ihrem Selbstwert haben, weil ihr aufgeblähtes Ego die ganze Zeit droht zusammenzubrechen. Euer Bedürfnis nach Neuem ist die Folge eurer Abgestumpftheit. Ihr seid taub. Eure Gefühle sind stumm nach all dem Konsum.

Unsere Gesellschaft ist so tiefgründig geworden, dass die Party People und Fitnessfreaks die Tonangebenden in den moralischen Debatten geworden sind. Ich mein, wundert es da, dass wir pausenlos alles verkacken.

Die da verstecken sich hinter ihren Motorradhelmen, den fetten Harley Bikes, den riesigen Trucks; verstecken sich hinter Stahl und schimmerndem, getöntem Glas. Sie sind so cool. All ihre Accessoires: Handtaschen, Smartphones, Apps, Clubbesuche und ihre täglich neuen Outfits. Aber nimm ihnen all das weg. Lass sie nackt da stehen; dann sind sie schwach.

Musik im Radio, im Internet hören, ist nicht wahre Musik. Es ist das Tod-Land Kultur Ding. Singen ist Musik. Tanzvideos gucken ist nicht tanzen. Es ist dieses Tod-Land Kultur Ding. Singen ist singen. Tanzen ist tanzen. Musizieren ist musizieren. Die Tod-Land Welt Musik ist tot. Konsumiert. Getan als ob und doch kalt. Maschinen. Elektrizität, ohne im Herzen wahrer Menschen zu klingen.

Sagt nicht, dass ihr es nicht auch spürt! In irgendwelchen Bars Fußball gucken. Bei irgendwelchen Freundeskreistreffen Picknick im Park. Sagt nicht, das tief in euch nicht auch eine Frage ist, ob das schon alles ist? Alles an Zwischenmenschlichem was möglich ist? Und sagt nicht, dass euch das schon tief drinnen erfüllt. Denn das ist so ein oberflächliches, bürgerliches Sozialleben, was so abgestumpft, flach ist von dem, was wahres Zusammensein sein sollte, dass es nur tief drinnen Unbefriedigtheit zurücklässt.

Geh zum Spiegel, guck dir in die Augen. Mach dein Handy an! Stell auf Selfie Modus. Das bist du! Fang an einzusehen, wenn du den Weg weitergehst. Dann wirst du in der Retrospektive der Zukünftigen der Böse gewesen sein: der grauenvolle, gierige Konsument.

Apokalyptica

Verbrannte Erde nannten es die Nazis. Wie nennen es die Großkonzerne? Gewinnmaximierung? Abschreibung?

Das Tod-Land kommt. Der Wüstensand wächst und wächst immer weiter. Aus dem fernen Süden immer weiter gräbt er sich, frisst sich nach Norden. Das Eis schmilzt und das Meerwasser steigt und die Menschen fliehen. Bis es kippt und alles erfriert. Eure Herzen sind schon zu lange kalt wie Eis!

Der brennende Wüstensand kommt. Nimmt den Weizen, alles Getreide. Erdbeeren ausgetrocknet. Rotem Sonnenschein gleich, das sanfte, saftige Fleisch. Erdbeeren trocken. Schmackhaft einst. Jetzt schwarz verbrannt vom Klimawandel-Sonnenschein.

Brennende Sommer. Schmelzende Polkappen. Ozonloch. Unwetter. Der Klimawandel rockt. Sie fahren in den Urlaub und vergessen. Kam Corona, weil die Welt sich selbst beschützen wollte? Kam deshalb die spanische Grippe?

Wir tanzen in den letzten Atemzügen. In den letzten Atemzügen einer sterbenden Welt! Noch nie gab´s mehr Tanzclubs. Noch nie haben mehr Menschen getanzt. Noch nie war die Zukunft ungewisser. Verwirrender. Zerreißender. Noch nie waren wir dem Weltuntergang näher. Menschen.

Tanzt, als ob´s kein Morgen gibt. Fickt, als ob´s kein Morgen gibt. Feiert, als ob´s keinen Morgen gibt. Vielleicht gibt's den nicht. Vielleicht haben wir es diesmal wirklich verkackt.

Dystopia: verstörende Wolken am Horizont des Morgenlands. Verbrannte Erde nannten es die Nazis.

Wie nennen wir es jetzt bei den Großindustrien im Regenwald? Das Ergebnis ist dasselbe!

Da gab es mal diesen Typen. Adolf war sein Name. Er wollte die perfekt, gezüchteten Menschen haben. Rein. Sauber. Und heute! Guck dir ihre Schönheitsideale an. Sie sehen aus wie die Statuen aus seiner Zeit. Und ja, er wollte den totalen Krieg. Heute kämpft die Menschheit gegen die gesamte Welt. Gegen die ganze Erde. Die ganze Natur. Gegen alle Tiere. Der totale Krieg!

In meinem Land redet man immer von diesem Adolf. Adolf H., ihr wisst schon, wen ich meine. Ich denk dann immer; hey, er ist wie dieser Darth Vader aus Star Wars. Palpatine; der Führer von Darth Vader? Der saß damals in Rom und sitzt da noch immer.

Wenn die Hochrechnungen der Wissenschaftler stimmen, dann ist es genauso heute aus Spaß in den Urlaub zu fliegen, wie 1930 in Deutschland eine Hakenkreuzfahne zu schwenken. Das Leben für die heute 10jährigen wird hart werden. Möglicherweise wird es so hart wie für die 1930 10jährigen. Fliegt aus Spaß. Fahrt aus Spaß. Genießt euer Leben. Lebt nur im Augenblick und vergesst die Konsequenzen eures Tuns.

Wird die Welt weinen, wenn wir Menschen ausgestorben sind. Bevor wir Menschen waren, war es hart auf dieser Erde, aber es gab eine faire Chance. Heute! Gepfercht in winzig, kleine Zwinger. Zu

Geburtsmaschinen degradiert, denen man die Kinder raubt, nur um sie zu essen. Chancen haben nicht die Tiere, nicht die Pflanzen und viel zu wenig Menschen.

Die Ökoverrückten, die die Welt retten wollen, sagen über die Hälfte aller Tiere sind in zwei Menschen Generationen ausgerottet worden. Erinnert ihr euch an die Gummibärchen Werbung gegen Rassismus: Als sie die Roten aßen, war es mir egal, denn ich war kein Rotes. Als sie die Grünen … Gelben .. Weißen … aßen, war es mir egal, denn ich war kein Grünes … Gelbes … Weißes. Als sie uns Orange holten, war keiner mehr da, der uns hätte helfen können. Denkt ihr wirklich, wenn alle Tiere ausgestorben sind, werden nicht auch die Menschen dran glauben müssen?

Yeah, eine Generation von Menschen, die die Fehler der vergangenen Generationen anprangert. Ihre Bosheit. Ihre Schlechtigkeit. Aber in Zeiten des Klimakollapses Fleisch isst.

Es gibt heute mehr Sklaven als jemals zuvor in der menschlichen Geschichte. Mehr Armut als sich jemand vor tausend Jahren vorstellen konnte. Keine Chance für die Ärmsten der Armen. Slums ohne Ende. Keine Lösung. Müllberge. Aber eine Milliarden schwere Propagandamaschine, die uns darauf trimmt mit ihrer Werbung. Nur noch darauf trimmt mit Werbung, Werbung, Werbung … Mit ihren ganzen

Werbespots verführt, nur noch danach zu fragen, wie hoch der Fettgehalt des Menschen ist. Als ob das ein Wert wäre, der unsere Welt retten könnte?

Eure Taten haben Konsequenzen. Manche davon werdet ihr gar nicht erleben, aber andere in einer Ferne oder fernen Zeit. Doch wenn du fühlst, dann wäre dir das nicht egal. Nur bist du kalt im Herzen, dann kümmerst du dich nicht, kümmerst du dich nicht. Kümmerst dich nicht, ob du mit dem Kauf deiner Kleidung Kindern Foltern zufügst. Mit dem Kauf von Plastik den Kindern von Morgen Krebs machst oder schlimmeres.

Was stimmt nicht mehr mit der Welt? Ich mein, noch nie war eindeutiger, dass bloßer Kommerz Schaden anrichtet, so groß, dass ein Planet dabei draufgehen könnte. Und noch nie war die breite Masse konsumgeiler; fixiert auf Statussymbole. Autos. Mode. Uhren. Kein Bock die ganzen kranken, narzisstischen, Ego gefickten, geldgeilen Labels aufzuzählen. Noch nie war klarer, dass die Fixierung auf diese scheiß, abgewichsten Marken krass viele Probleme macht. Noch nie gab es eine kränkere Masse, die darauf abgefahren ist wie Zombies auf Gehirne.

Ich meine: „Fuck! Fuck! Fuck! Was stimmt nicht mit euch???"

Wir reden. Sie sagt mir, alle die sie kennt, haben eine Macke. Vielleicht stimmt es. Alle in dieser Stadt haben eine Macke. Vielleicht haben wir eine Kultur geschaffen, eine Kultur, die Menschen Macken macht.

Makabere Asozialität. Gebrochene Träume. Hoffnungen, die ausfaden. Nächte einsam. Laute Nachbarn. Geschrei. Polizei. Kreisch. Verzweifelte. Betrunkene. Bettler. Allein nachts. Im Club zu vielen. Dann dieses Gefühl doch nicht dabei zu sein. Manchmal sieht man diese Bettler. Sie sind viele. Den ganzen Tag vereint. Als ob Armut der einzige Weg ist, um noch wirklich mit anderen dauerhaft verbunden zu sein.

Produkte trennen. Du hörst Rock. Du Hip-Hop. Du Techno. Du trägst Jeans. Du Designeranzüge. Wie viele entscheiden sich für einen Konsumenten Lifestyle und gucken dann verächtlich auf andere herab? Wie viele davon tun das und laufen dann mit dem Mindset rum, die Guten und Toleranten in dieser Geschichte der Welt zu sein?

Wir haben Kontinente brennen sehen. Der Ozean schwarz vom Öl. Tiere vom Öl bedeckt, kämpfend um den letzten Lebenssaft, verendend. Die Polkappen schmelzen. Meeresspiegel werden steigen. Wüsten kommen. Und ihr? Ihr macht Tiktok, Snapchat, fliegt lustig in den Urlaub. Der ganze Planet schreit. Eure Ohren sind taub; noch tauber ist euer Herz.

Fragst du die Leute, dann wissen sie es. Sie wissen, dass sie manipuliert werden. Geh frag sie! Sie wissen, dass die, die am meisten von einer vereinsamten, auf sich selbst bezogenen Narzissten-Menschheit profitieren, die Konzerne sind. Sie skalieren; damit sie so ganz gezielt Produkte verkaufen können. Sie wissen das alle, wenn du sie fragst. Aber wenn du sie fragst: „ Ey sorry, dein ganzes Leben ist das, weil die das gemacht haben. Du bist nicht frei. Du bist eine Marionette; schlimmer noch als ein Crack Junkie." Und nachdem sie eben noch gesagt haben, sie wissen es, lügen sie sich selbst ins Gesicht, wenn sie in diesem Moment ehrlich sein sollen.

Familienbilder – gemalt von Popstars in ihren kranken Psychosen. Kinder, die sie glauben aus allen Familien, auch den heilen. Die Projektionen übernehmen und dann schreien und kreischen. Borderline Fantasien von reichen, berühmten Kids. Dargestellt von Sängern und Sängerinnen, Rappern und Rapperinnen. Kleine 12jährige, die nichts davon wissen und anfangen zu ritzen. Manche sind ausgeblutet. Dank an die Stars und Sternchen!

Nehmen die Psychosen und Neurosen deshalb so zu, weil psychisch Geschädigte sich besser zum Konsum manipulieren lassen? Sind psychische Erkrankungen, die unbewussten Folgen von zu viel Medienkonsum? Oder gibt es in der Werbung tatsächlich Meta-nachrichten, um uns Gaga zu machen?

Wir leben in einer Welt, in der sich die Menschen mehr Gedanken um rumliegende Hundescheiße machen als den Plastikmüll. Nur der Plastikmüll löst den Krebs aus, wenn er in unserer Nahrung ist; ganz klein. Hundescheiße ist ihnen wichtiger als die Autoabgase. Aber die Autoabgase und der andere Dreck aus den Schornsteinen frisst unsere Lungen.

Wir leben in einer Stadt, die sich für fair und tolerant hält und gleichzeitig sind Zehntausende in den letzten Jahren vertrieben worden, weil sie nicht zu den Idealen der Mehrheitsgesellschaft passten. Es waren Indigene, meist indigene Traditionelle. Es ist eine Zeit, wo das überall auf dem Planeten passiert. Die Indigenen werden aus ihrer Heimat vertrieben. Sie lassen sich nicht so leicht in die Werbeprodukte einpassen. Sind nicht einfach zu skalieren. Deshalb fallen sie immer öfter vom Tellerrand, rutschen unten durch die Schlaufen des Netzes. Vertrieben werden sie! Ihrer Kultur beraubt werden sie, ihrer Heimat bestohlen von einer toleranten Gesellschaft.

Wusstet ihr, dass, als die Bilder von Lesbos gezeigt wurden, mehr als zehnmal so viele Menschen genauso in Deutschland gelebt haben. Draußen. Verwahrlost. Obdachlos. Nichts habend. Warum hatten die nicht dasselbe Recht auf eure Aufmerksamkeit – obwohl sie schon hier sind und zehnmal so viele wie die auf Lesbos und genauso leiden?

Freiheit in einer von bürgerlichen Christen konstruierten Gesellschaft? Frei sein, heißt so frei zu sein, wie es dem Bürgerlich-Christlichen entspricht. Entsprichst du nicht den Konstrukten, die vorgefertigt sind von ihnen und gehst darüber hinaus. Dann greifen ihre unsichtbaren Strafmaßnahmen. Reißen dich zu Boden. Nehmen dir die Möglichkeiten, dich zu entwickeln. Das ist die Freiheit dieser Welt. Und glaub mir, ich hab zu viele deswegen verrecken gesehen! Arme Irre, die einen eigenen Weg suchten.

Was? Eine von Evangelen gemachte Wirtschaftspolitik hat uns in den Klimawandel gestürzt. Dann erzählen sie auf ihren Plakaten von Umweltschutz und pflastern die Stadt mehr zu als jede andere Regierung vor ihnen. Das Grün wird verbannt. Grau und bemalter Stahl auf Plastikdreck sind die neue Welt.

Eine sterbende Welt und alle die dem Bild entsprechen, dass dem Fernsehen, dem Radio, den Internetblogs und Vlogs entspricht, sind die Kinder der Bewegung, die die Welt auffrisst.

Das Schlimmste an Corona war dann nicht unser fehlendes Mitgefühl. Und erzähl mir jetzt nicht, dass unsere Gesellschaft den Kranken, den Opfern, den Sterbenden echtes Mitgefühl entgegen gebracht hat. Das Schlimmste war die Erkenntnis über das Scheitern unseres Bildungssystems, wie es sich in den Impfgegnern und Querdenkern offenbart hat. Sie haben nur eins bewiesen, nämlich das komplette Versagen unseres Bildungssystems.

Ja stimmt, die Erde stirbt, aber lass uns in Urlaub fahren, ein Fußballspiel gucken, gehen wir zum Festival mit schönem Rock. Ja, die Erde stirbt. Die Kinder von morgen werden es schon lösen. Und ehrlich: Recherchen haben der UEFA mehr Menschenrechtsverletzungen nachgewiesen als dem derzeitige KKK. Aber hey, gehen wir WM gucken.

Yeah. Deine Kleidung wurde von Kindersklaven gemacht. Yeah. Dein Essen hat um sein Leben geschrien, bevor es zu deinem Essen wurde. Hey cooler Typ, der Großteil deiner Elektrogeräte wurde von Zwangsarbeitern in China gemacht. Hey coole Tussi, der Großteil deiner Kleidung stammt von Kindersklaven mit blutigen Händen.

Yeah Mädchen! Am Ende siehst du aus wie ein Model aus diesen Hochglanzmagazinen; wie diese In-fluencerin. Alles was dir bleibt, ist Einsamkeit und ein Leben, in dem du Menschen ausschließlich in Clubs und Bars triffst. Nur dort Menschen zu treffen, heißt, dass du niemand hast, dass du einsam bist. Das ist kein Sozialleben. Du bist ein Abziehbildchen geworden. Genauso oberflächlich kalt. Aber dein Herz schmerzt. Denn tief in dir drin ist etwas wahr.

Ihr seid so unverbindlich geworden, was eure zwischenmenschlichen Beziehungen angeht. Bloß nicht fest binden. Gleichzeitig seid ihr so verbindlich beim Konsum eurer Lieblingsprodukte. Am besten ein Leben lang an den Glamour eures I-Phones binden. Konsumentenleben! Mac da fuck.

Vielleicht stimmt es ja und monogame Beziehungen sind gegen die Natur. Oder ist die Unfähigkeit sich heute lange binden zu können nur Ausdruck eines Konsumentenlebens, dass zu schnell von alten Produkten gelangweilt ist? Ständig muss was neues her. Neues Handy. Neue Klamotten. Neuer Sexpartner.

Stell dir vor es ist Krieg und keiner geht hin. Braucht heute auch keiner mehr. Sie bleiben einfach zu hause, starten Drohnen, steuern sie in dein Haus und bomben es weg.

Schau dich überall um. Tiktok, Bitcoin und Twitter sind der Grund des Erdsterbens. BMW, Mercedes, Google, MC Donalds sind Todesstöße für einen lebenden Planeten. Der Planet stirbt. Der Planet, auf dem du lebst. Die ganze Erde geht zu Grunde. Es ist nicht besser geworden. Sie verschleiern es nur besser oder wir Menschen sind noch blinder geworden, was das Gute anbelangt.

Tupac

I know it seems hard sometimes but remember one thing. Through every dark night, there's a bright day after that. So no matter how hard it get, stick your chest out, keep ya head up.... and handle it.

Diese Generation ist dabei die Materialistischste von allen zu werden, die es je unter Menschen gegeben hat. Reichtum war noch nie höher angesehen. Wohlstand. Bling bling. Ice. Diamonds. Perls. Fette Karren. Gucci. Und noch nie gab es stichhaltigere, besser begründete Beweise, dass dieser Lifestyle, dieser materialistische Wohlstandslifestyle, das Leben der Erde vernichten könnte in einem dystopischen, apokalyptischen Szenario namens Klimawandel.

2pac wurde erschossen von einem Unbekannten. Diese Erde wird erschossen und wir alle kennen die Täter.

The ballad of a dead soulja. Ja, mag sein, dass es 2pac um Gangster ging. Leute, die Drogen verkaufen, Frauen zwangsprostituieren, mit Waffen auf andere Menschen schießen. Aber lasst uns mal an andere tote Soldaten erinnern. Soldaten der Erde; die sich für Nashörner eingesetzt haben, Elefanten, damit die nicht abgeschlachtet werden wegen ihrer Stoßzähne. Die, die auf den Meeren gekämpft haben für die Fische, damit da nicht alles ausgelöscht wird, was da schwimmt. Die gegen die Abholzung der Wälder waren. Wälder, die nur abgeholzt werden, damit da irgendwelche Tiere grasen können, die dann doch nur brutal abgeschlachtet werden. Die so viel Gülle und Methan produzieren, dass wir daran ersticken. Lasst uns an diese Soldaten erinnern. Soldaten der Erde. Ballads of the dead Souljas.

Tupac hat gerappt: We gotta make a change... It's time for us as a people to start makin' some changes. Let's change the way we eat, let's change the way we live. And let's change the way we treat each other. You see the old way wasn't working so it's on us to do what we gotta do, to survive. Ein moderner Poet! Klar, war er ein durchgeknallter Irrer auf der anderen Seite. Vielleicht wegen eines harten Lebens oder weil er zu viel Marihuana geraucht hat. Aber Herz hatte er und irgendwo tief in sich glaubte er. Glaubte, irgendwann Gerechtigkeit – auch für die Unterdrückten – zu bekommen.

Ein Planet für Frieden gemacht. Ein Paradies, das echt möglich wäre. Was haben wir Menschen draus gemacht? Ich meine: „was haben wir draus gemacht?" Ich meine, was machen wir jeden Tag aus unserem kleinen Leben? Und wie oft weinen wir, weil wir wissen, dass es besser geht?

Du willst ein guter Mensch sein? Dann änder dich doch! Klar ist das hart. Doch worauf willst du gucken an dem Tag, an dem du stirbst? Ein Leben voll Hedonismus, Ich-Bezogenheit, Konsum von Gütern; ist das alles worauf, du zurückblicken willst, wenn du alt bist und stirbst.

Flieg mit mir in Gedanken ohne Schranken. Wir treiben mit den Walen, mit den Adlern, in den Lüften, in den Meeren, auf den Bergen. Flieg mit mir in

Gedanken ohne Schranken. Wir sind frei im Geist. Er hat die Macht diese Welt zu verändern.

Frage dich selbst, wenn der letzte Tag, der letzte Augenblick gekommen ist, willst du dann auf ein Leben der Durchschnittlichkeit, der Ordinärität, der Bürgerlichkeit, der Angepasstheit zurückblicken?

Das Leben ist ein Fluss. Es entspringt an einer kleinen Quelle. Stürzt hinab vom Berg. Nimmt Geschwindigkeit auf, wächst immer größer. Tief wird es, tief. Ein tiefer Fluss, reißend schnell und dann langsam gemächlich, aber tief. Bis es ins Meer mündet, in einen großen Ozean.

Frag dich doch mal ernsthaft! Wie viel Aufwand, wie viel Kraft, wie viel Energie, wie viel Arbeit ist notwendig, um dein Herz von Oberflächlichkeit weg zu echter Tiefe, zu wahrer, grenzenloser Liebe zu führen?

Ich seh es in ihren Augen. Da diese schönen Menschen, schlanke Menschen, muskulöse Menschen und sie sind von diesen eingeschüchtert, von deren berauschendem Äußeren und so wird die Welt auch regiert. Und immer jagt eine Katastrophe die Nächste auf der Welt. Wenn wir nicht von unserer Oberflächlichkeit wegkommen, werden wir aussterben. Intelligenz ist nicht sichtbar, ist eine unsichtbare Form und von einer äußeren Form auf diese Innere zu schließen, ist dumm.

Der neue Zeitgeist erlaubt uns über die Muskelmasse, den BMI, das Outfit jedes Menschen kritisch herzuziehen. Aber über fehlende Intelligenz dürfen wir nicht mehr laut reden?

In einer Welt, in der sich Menschen nur noch darum kümmern, richtig auszusehen. Solltest du dich lieber darum kümmern, richtig zu fühlen. Fühle mit der Wahrhaftigkeit deines Herzens.

Sind schon geile, fette Beats. Aus einst soziale Missstände anprangern, ist sich verkaufen, wie ein Prostituierte in der Happy Hour im Puff geworden bei all diesen Kinderzimmer Rappern (also allen in den Charts). Sorry Kinder, muss euch mal einer sagen: alle diese Hip-Hop Gangster sind Fake und wurden von gut bezahlten Managern in Designeranzügen entworfen, um euch ein Produkt zu verkaufen. Ok. Ok! Ich will nicht lügen, das gilt auch für die Musiker aller anderen Stile. Na gut, bei K- und J-Pop ist es ok. Die stehen dazu, nur als Medienprodukt designt worden zu sein, um den Eltern von Minderjährigen Geld aus den Taschen zu ziehen.

Despoten brauchen heute keine großen Armeen mehr. Gute Algorithmen sind alles. Die Gewalt nimmt ab, hört man. Doch die Menschen sind nicht friedlicher geworden. Sie haben sich vollkommen zurückgezogen in ihre Medienblasen-Welten, wo sie allein sind, zu zweit, kommunizierend mit Millionen, ohne Kontakt zu anderen Menschen. Solche

Menschen sind leicht zu steuern, leicht zu manipulieren, zu verführen, zu kontrollieren, zu verängstigen.

Die alte Zeit war nicht besser. Doch die heutige ist weit entfernt davon, darin besser zu sein. Wir schaffen es nicht, aus alten Fehlern zu lernen und werden immer besser darin, die alten Fehler im neuen Gewand zu wiederholen.

Ich wollte immer gegen Rassismus sein und das wird so bleiben. Nur wer bei einer Gruppe von zehn Rassisten nur die kritisiert, die einer bestimmten Ethnie angehören, der ist gar nicht anti-rassistisch. Und sorry, natürlich gibt es Schwarze, die rassistisch Weiße hassen. Halb Nordafrika hasst Menschen, die ihnen zu chinesisch aussehen rassistisch. Gigantisch ist der Rassenhass der Linken gegen alles Deutsche geworden. Nur wenn Rassismus rechts sein bedeutet, sind die meisten Linken rechtsradikal.

Wir wollten eine bessere Welt. Nur: Schwule, die Cis Heten hassen; Frauen, die das Matriarchat fordern und Schwarze, die sich für eine Superrasse halten; sind eine Lösung des Problems, wie die Umverteilung der Linken als Lösung für das Armutsproblem.

LGBTI+ ist wichtig. Gleichberechtigung für alle ist wichtig. Aber könnt ihr bitte aufhören, den Regenbogen zu instrumentalisieren. Ich will in den Himmel starren nach einem schönen Sommerregen, ohne von euren Propagandasprüchen geflasht zu werden. Genauso will ich schönes Braun tragen, ohne an die Drecksnazis zu denken. Manchmal einfach rote Socken tragen, ohne mich wie eine scheiß Zecke zu fühlen, die Menschen ins Laogai oder den Gulag schicken will. Macht Politik für eine bessere Welt, aber lasst uns Freiräume zum Atmen. Nehmt uns nicht die Schönheit auf den Blick der Natur.

Hat man dich mal gefragt, ob die Hippiebewegung die ist, die die Friedensbewegung damals zum Scheitern gebracht hat? Später in der Retrospektive sieht alles so gleich aus für die, die auf die Jahrzehnte von damals gucken. Was für uns heute unvereinbare Gegensätze sind. Lager, die sich hassen. Werden in 50 Jahren für die Zukünftigen auf den Blick von heute ein und dasselbe sein.

Dieses Land war nie sicherer. Es gab nie weniger Gewalt. Nie weniger Waffen auf den Straßen. Eine Regierung, die nie schwerer ihre Menschenrechtsverletzungen durchführen konnte, weil sie von Nichtregierungsorganisation so scharf überwacht wird. Eine strenge Presse, die alles aufklären will und Wahrheit wirklich ans Licht bringen will (gelingt ihr leider nicht). Dennoch haben wir alle Angst. Tief in uns sitzt eine Angst, die größer ist als die anderer Generationen. Eine gigantische Angst. Unbegründet?

Die Polkappen schmelzen. Das Leben dieser Erde könnte in einem Klimakollaps vernichtet werden. Wir haben die Wissenschaft als Maß der Wahrheit. Die sagen, das könnte passieren. Es ist wahrscheinlich. Damit ist es düsterer als der Blick auf den ersten, den zweiten oder welchen Krieg auch immer. Diese innere Angst kennt die Wahrheit. Unser Unterbewusstsein spürt es. In allen Ritzen der Welt; es sieht, was unsere Augen nicht sehen. Es hört, was unsere Ohren nicht hören. Fühlt, was unsere abgeflachten, eingeschränkten Gefühle nicht mehr fühlen können: diese Erde stirbt.

Hier in meiner alten Straße gab es vor Jahrzehnten mal die Chance, dass es sich wirklich in eine Richtung der geistigen Offenheit, des Miteinandersseins, des Mitgefühls entwickelt. Dann kamen die Geld-Leute. Haben alles yuppisiert. Klar, die von heute, die hier wohnen, die sehen auch so aus, als ob sie locker wären. Aber um dadrin wohnen zu dürfen, mussten sie erst mal beweisen, dass sie versnopt sind. Da hilft auch keine legere Kleidung, wenn dein Herz Yuppie Snob Style ist. Yuppie Snob Style deluxe!

Könntet ihr nur sehen und verstehen, wie tief unser menschliches Sein geht, wie tief wir in uns selbst blicken können. Wie umfassend unser wahres Sein ist, unsere Seele, unser Charakter; oder wie immer du es auch nennen willst. So tief! Wenn ihr das je gesehen hättet, dann würdet ihr euch abkehren von der Oberflächlichkeit. Aber eure Hin-kehr dazu zeigt, dass ihr nie in euch selbst reingeguckt habt. Ihr seid arrogant, narzisstisch, nach Ich gekehrt. Aber das ist nicht euer wahres Selbst; nur eure Oberfläche. Und so seid ihr nur die Oberfläche eures Wesens wie eine flache Erde. Aber die Erde ist rund und so viel größer als es sich die Flacherdler vorgestellt haben.

Zu den Guten gehören wollen wir alle. Aber gutes tun, dass ist schon anstrengend. Eigentlich auch nicht; es würde schon reichen, wenn wir anfangen, uns um mehr zu kümmern, als nur uns selbst.

Wie viel digital detox wäre nötig, um wieder ein natürlicher Mensch zu werden und nicht ein künstlich Fremdprogrammierter? Wie viel digital detox brauchst du? Um einen besseren Weg einzuschlagen, musst du erst mal begreifen, dass alles, was du als normal empfindest, dabei ist, die Zukunft aller kommenden Generationen aufzufressen.

Sag ich, dass ihr nicht konsumieren sollt. Nein! Konsumiert wie die Bekloppten, wenn ihr wollt. Das ist okay. Solange dabei niemand kaputt gemacht, ausgebeutet oder ermordet wird. Aber euer Konsum tut genau das!

Das Problem ist nicht, dass Werbung uns drillt, etwas zu kaufen. Sondern, dass sie uns drillt, all die zu verachten, die es nicht gekauft haben.

Wenn du siehst, dass deine Eltern unglücklich sind, hast du zwei Möglichkeiten. Rumzugehen und jedem zu erzählen, wie scheiße deine Eltern sind, wie wenig sie in ihrem Leben klar kommen. Du kannst dann eines dieser neurotischen Kinder sein, die meinen, dass sie nie genug im Leben gekriegt haben. Jene, die alle Schuld immer ihren Eltern geben. Oder du bist der andere Typ. Gehst raus und suchst nach Wegen, um ihnen zu helfen, nach Lösungen für ihre Probleme, nach besseren Antworten, nach mehr Weisheit, die sie aus ihren Sorgen befreit.

Ein deutscher Schriftsteller soll geschrieben haben: wenn du schöne Blumen am Wegrand siehst, dann lass sie leben und pflücke sie nicht. Sie wollen leben! Leben will leben. Das ist das Leben.

Was ich will, fragst du dich nach all meinen Worten? Frei sein! Frei sein von ihren kranken Konzepten, von diesen Bildern, die sie uns in die Köpfe pflanzen und uns wie eine Marionette manipulieren. Frei sein, von ihrem Drang uns in Richtungen zu pushen, bei denen am Ende wieder alles explodiert und zugrunde geht. Frei sein, um mein Herz zu spüren.

Dystopie, Harmonie; diese Welt ist verloren. Und dennoch, manchmal geh ich zu Mama und denk, dies ist das Paradies. Dystopie. Melancholie. Antagonie. Paradoxie glatter Schönwelt.

Ich will nicht lügen. Wie oft hab ich schon fantasiert, wie ich mit einer Spitzhacke auf den Beton einschlage, ihn klein mache und Samen pflanze für Löwenzahn. Oder davon geträumt, mit andern die Straßen zu blockieren. Mit Presslufthämmern die größte Hauptstraße der Stadt aufzureißen, um einen

Baum zu pflanzen: das Zeichen des Lebens. Unser Atem entsteht bei ihnen; in seinem Grün. Siehst du, ich bin ge_nau_so wie du, nämlich ganz anders. An mir ist absolut nichts neu und ich war trotzdem nie da, vorher.

Kleine Oasen bleiben. Auch wenn sie weniger werden. Diese Straße hier. Gesäumt von schönen Bäumen, mit Büschen bewachsen grün. Die Luft ist so anders, so frisch, so jung, so lebendig, so friedlich. Gestern saß ich zwischen diesen großen Häusern in diesem Paradies einer Stupa aus einer fernen Welt. Bunte Fahnen. Die Wände bewachsen mit Grün. Die Häuser verschwanden hinter einer Illusion der Schönheit, des Friedens und der Harmonie.

Sehnen wir uns zurück zur Natur...lichkeit des Abolitionisten, der schrie; der aufschrie zum Ungehorsam gegen einen ungerechten Staat. Seinen Namen? Kennst du ihn nicht? Find ihn heraus. Er wanderte. Einer von Zweien, die schrieben. Aber sie waren nicht allein. Sie waren viele.

Als ich ein Kind war, gab es diese Serie: Löwenzahn. Eine kleine Blume, die sich durch den Asphalt kämpft. Meine Heldin! Wirklich; diese kleine Blume ist meine Heldin. Immer wenn ich diese kleinen Blumen sehe, die sich durch den Asphalt kämpfen oder auf den Eisenbahnschienen. Das sind wahre Kämpfer. Helden. Überlebenskünstler. Und dann hab ich recherchiert. Alles was die Ökos heute sagen, haben die damals schon erzählt. All die Scheiße, der wir heute gegenüber stehen, haben diese Ökofreaks schon damals prognostiziert, wenn wir uns nicht ändern. Guck was sie heute prognostizieren. Und wer ist schuld? Gucci. Louis Vitton. Dolce Gabbana. Your lifestyle is killing the earth.

Eine kleine Blume Löwenzahn. Die Form ihrer Blätter. Dem strahlenden Gelb der Sonne gleich und dieser kleine Marienkäfer, rot, schwarze Punkte: zum Lächeln bringend schön. Aber das kennt ihr gar nicht mehr. Ihr seid Fremde. Fremde in der Natur, die euren Sauerstoff macht, die eure Nahrung macht, die euer Leben macht. Wie lange könnt ihr überleben – Zivilisierte, Kultivierte, Bürgerliche – wenn die Natur ganz vergangen sein wird?

Ich hatte diese riesige Prüfung in der Uni. Tagelang gelernt. Dann rief sie an, meine Großmutter. Ich schmiss die Prüfung, um für sie da zu sein. Natürlich! Hab sie ins Krankenhaus begleitet. Natürlich, wenn jemand, der für dich da war, als du klein und zerbrechlich warst, Hilfe braucht. Jemand, der dich liebt, den du liebst. Sie ist nie wieder aus dem Krankenhaus rausgekommen. Es waren ihre letzten Tage. Das ist wichtiger als alles andere.

Lasst euch nicht von den Maßstäben karrieregeiler, aufgeblähter Narzissten in die Irre führen. Ihr würdet es bereuen, falls ihr irgendwann im Alter wirklich in euer Herz guckt und bereut, dass ihr nicht bei denen wart, die euch wirklich was bedeuten. Ich meine wirklich etwas bedeuten und nicht Geld und Status.

Ich hab gelernt zu lachen. Dazu musste ich nur wissen, wie es geht loszulassen. Menschen waren fest geklebt. In mir! Erinnerungen. Erinnerungsfetzen; die Tag und Nacht geschossen kommen konnten. Mach dich frei vom Zwang. Aber werd dann nicht stumpf. Öffne dich für das Leiden der Welt. Öffne dich für deinen inneren Helden. Er ist mächtig!

Brennende Glut im Herzen treibt einige von uns an. Sie widersteht den Schmerzen. Ist der Drang, dem inneren Ruf zu folgen, ihr Schicksal zu verwirklichen. Deshalb ist es egal, ob ich der kleine, depressive Junge mit der Kapuze und den schwarzen Sachen bin und fast unsichtbar; oder die heiße, geile Schnalle mit blondem Haar, der Typ im Businessanzug, die Oma oder der bettelnde Punker am Straßenrand. Dieser Ruf vereint mich mit denen, die sind wie ich.

Heute sind wir wenige. Aber unsere Zahl wird wachsen. Wir werden mit derselben Energie zurück schlagen, mit der ihr Krieg gegen die Erde führt. Ihr führt Krieg gegen einen Planeten. Ihr seid nicht die Guten. Ihr seid die Angreifer, die Vernichter, die Mörder. Die, die die Zukunft der Kinder fressen. Die, die das Leben von Morgen auslöschen, bevor es geboren wurde. Ihr führt Krieg gegen die Erde. Wagt nicht euch die Guten zu nennen!

Der Medizinmann trommelt. Wilde Gerüche. Navajo. Die Ersten sind noch und sind eins mit dem Land. Kein Tod entsprang ihrer Kultur. Sie wurden von Gekreuzigten dem Tod geweiht. Trommeln. Alte Kräfte aus einer tiefen Wahrheit. Avatar. Seine Aura erweckt den spirituellen Krieger. Pilze und Kraut raucht. Der spirituelle Krieger steht auf und kämpft für das Überleben einer ganzen Welt.

Ende! Ende der Welt?
Das liegt in deiner Hand!
Hier endet eine fiktive Geschichte
aus einer realen Welt.

Über den Autor:
niemand – niemals – nirgendwo
aber kopfschüttelnd über eine herzlose,
ego-gefickte Gesellschaft